www.ingramcontent.com/pod-product-compliance
Lightning Source LLC
Chambersburg PA
CBHW050950050726

47592CB00007B/2506